上田市にある戦没画学生慰霊美術館「無言館」をバックに母子像

油絵　50号　長野県展　洋画　出品作　2017年

自画像　42歳

40代の自分を見つめる

1988年

「娘の肖像画」（水彩画）

南信美術会員の小作品展　出品作

1989年

夜おやすみ前に絵本を読み聞かせるママ

1984年

長男　雅和　　次男　勇　　長女　宣子
（5歳）　　（1歳）　　（3歳）
1984年

3 人の子供たちの日頃の光景

1985年

随想

# 心のほとばしり

小西允子（こにし みつこ）

文芸社

# まえがき　今が大切な心のシャッターと心の眼！

長男誕生の二年後、長女が産まれましたが、愛用していたカメラを紛失したため、私は「絵日記」として三人の我が子らの成長の様子を心のシャッターを押すようにノートへ挿絵として描き入れておりました。幼い子どもたちが、「絵日記」にカラーで描かれたページを開いては本のように挿絵を見ていた時のことを思い出します。

そのような頃から、私は「雑感ノート」も綴っていましたので一日の生活を終え、子どもたちの寝息がかすかに聞こえる頃「○○は今書き留めなければ」との思いで、形式ではなく、私の中のもう一人の私が、泣く赤子に乳首をふくませるように、ただただ無性にペンを滑らせたくて真っ白い空白のこのページをいそいそと開いたのです。

書かんとすることがたとえ何であろうと、私は、「心のほとばしり」を禁じ得ません！

そして——子育て時代を終えた現在は、「五年連用日記」へ移行し、六冊目！です。

心の眼として「雑感ノート」も分厚く、冊数も増し、ペンを持つ私の傍らには、いつも辞典があります。辞典は時を経て古びて色褪せていきながらも、常に私を助けてくれていました。めくる一頁の中にいろいろな意味を学ばせていただけた大切な証です。

小西允子（こにしみつこ）

# 随想　心のほとばしり◆目次

まえがき　今が大切な心のシャッターと心の眼！　3

## 第一章　家族

真冬のある朝　10
雨の日の物干し場とテルテル坊主　12
このほころびを繕う時　14
そっと心の内を　17
ああ――あの雲は　19
母の膝って温かい　21
母　23
大根汁の思い出　27
木々が踊っているよ　28

皮引きへの想い　30
老いてなお、心の啄木に再会した思い　32
心震える時　36
家族　39
永遠に我が子、経子は絵の中で生きている　45
我が父よ、母よ！　50


## 第二章　書物


小説『龍樹（犬）＋シーマ（猫）＝リュウナ（犬）』によせて　54
天才詩人、石川啄木の妻・石川節子の生涯について　57
本との関わり　60
「こもれび」にふれて　63
本と絵に支えられた子育て　66
パンの耳と子ども　69

第三章　命　71
小さな蜘蛛（くも）と小さな虫　72
雑草の命よ　74
言葉　75
どうして人間って死ぬの？　77
第四章　出会い　79
二人の女性との出会いと永遠の手紙　80
ニャンともチロの目がうらやましい　84
第五章　地域　85
西尾実研究学習会で山下宏先生の受講生となった私　86

町の公民館報編集委員として携わって　90
阿南町の「人間遺産とすべき元大下條(おおしもじょう)村村長・
佐々木忠綱氏」の功績を語る！　93
今、バートランド・ラッセルの祖母の言葉は
平和維持のためのメッセージとして有効！　98
国策満州開拓から救った西富士開拓とは！　102
あとがき　「心のほとばしり」とは　109

# 第一章　家族

# 真冬のある朝

真冬の朝の五時は、
まだまだ真っ暗闇です、
凍て付くような冬空には、
小鳥のさえずりさえ聞こえてきません。
——でも、
静まり返った部屋に
「パッ」と電灯(あかり)がつき
その明かりが
戸の隙間からもれてきます。
そう！　お母さんです!!
電灯(あかり)を、つける音、
水を出す音、

## 真冬のある朝

かまどの火を焚く音、
まな板を包丁が叩く音、
早朝の静けさを破り、
お母さんの台所での、いろいろな音が、
リズムとなって、戸の隙間から
聞こえてきます——。
遠〜い、遠〜い、幼き頃の
真冬の、ある朝の暖かい、
寝床の中で聞いた
やさしい、お母さんの音です。

## 雨の日の物干し場とテルテル坊主

子どもたちの汚した山ほどの衣類を洗濯し、物干し場に立った私。

昨夜から降りだした雨は、今朝も音を立てて「ザーザー」と、土砂降り雨――。

やむ気配がない。

近くの山々も、遠くの山々もすっかり灰色の世界につつまれて
「重いよ〜重いよ〜」

と私に嘆きかけているかのようだ。

雨雲よ！　雨雲よ！　早く、立ち去れ!!

私は、心の中で叫ぶ。

ずっしりと重い洗濯物までが、私をせかす。

私は「やっぱりこれしか方法はないのかも」と弱気をはねのけ、部屋の中に、アンテナ用のポールを天井から吊るし、ひしめくようにたくさんの洗濯物を一枚、二枚と干す。洗濯物が雨に、

「苦しいよ～、狭いよ～、太陽と風をくれ！」

と叫んでいるように私の心に伝わってくる。

窓辺には、末っ子の勇が作った、テルテル坊主が、

「大丈夫、大丈夫、天気が良くなるよ！」

と私と濡れた一枚一枚の衣類を励ましているように、輝いて見える。

# このほころびを繕う時

ワンパク盛りの子らの服
ほころびを繕いつつ　ふと母のことを想う
今、こうやって　一針一針
縫いし、わが手を見つめれば
遠き遠き幼き頃の　あの日、あの時の
母の姿が　今、ここによみがえる
時には　母の話（偉人の幼き頃や童話）を
聴きながら子どもの衣類の
二重、三重のほころびを繕う母の姿を
また、ある時は　家族の寝静まった夜中に
戸の隙間より　こぼれる灯を見れば、
電灯の下で、ただ黙々と子どもらの

このほころびを繕う時

服やズボンのほころびを繕う母の姿の中に
母の二重、三重の、このつぎ当ては、
心の、ぬくもり――。
一針一針に我が子を想う
母の熱き心が染み渡る
今は　もう遠き遠き昔の大切な心のアルバムに
母は、私の大切な大切な大恩人！
幼き頃、いつもいつも見上げた母の姿も、
老いと共に、私よりも随分、
小さくなり、白髪交じりの母の姿！
今、ここに時を過ぎて、
かつての少女も、三人の子どもの母となり、
思えば、母が親として辿った道のりを
一歩一歩歩みつつ……
また、一針一針繕う　今、

母の優しさ、しみじみ感謝する私。

# そっと心の内を

小学五年生の息子が私の傍に来ていきなりはにかみながら、

「お母さん、こんなこと、言ったら叱る？」

「叱らんから言ってごらん――」

と言うと、ポツリと、

「ボク、好きな人いるんだ……好きな人いちゃいけない？」

何のことかと一応は身構えて聴いていたけど、その時の息子の瞳を見つめながら、私は
――母親として、いじらしくさえ思えてならなかった。――そして、私に、心の内をためらいながらも打ち明けてくれた息子に、よくぞ話してくれたと感心する――。

やがて、思春期になった時、このように自分の心の内を親に打ち明けることに戸惑う時期も来るであろうに――。

私自身の思春期は、どうであったろうか？　ふと、自分と息子を比較してしまう。

今、考えてみると、学生時代、美術が好きであったので、美術の先生に憧れをいだいた

ことも——。

共に、クラスで選ばれたということに意識しすぎて周囲から「互いに気がある」などとうわさされたり、自分の思春期も——随分、心がゆれたりしたなあ、と懐かしい。

人によって、初恋を自覚する時期は異なっているが、小学五年生で、たとえ、息子の片思いであるにせよ、自然に異性を感じ、ほのかに人を好きになれるということは、これから成長していく過程で、きっと大切な良い経験であろうと思える。

# ああ――あの雲は

家事、育児、仕事――と、一日が、またたく間に過ぎゆきます。

だから、ちょっぴり空いた私の心の隙間で、いつもいつも思うのです。

――私だけの、ほんの少しの時間が、もし作れたなら、あれもやりたいな、これもやりたいな……と。

西陽に空が輝く頃、学校から帰った我が子らの元気な遊び声が響き、私は裏庭のわずかばかりの畑に植えた長ネギを抜く手を止めて、しばし、夕焼けに輝く空を仰ぎ見ました。

――そんな私の目に真綿をちぎったようなふんわりとした雲が強烈に焼きついたのです……ああ――あの雲は――。

私が、結婚した年の秋（昭和四十八年）、休日を利用して実家へ帰ったある日――。母が、台所の窓を開けて夕陽が落ちかけた空をじっと見上げつつ言った光景を今、ここに思い出します。

「みっちゃん！　ほら、見てごらん！　あの雲は、お母さんが小さい頃、稲刈りを手伝っていた時、見た雲と同じ雲よ！　――なんてきれいな雲なのかしらねえ！」
と指を差し、しみじみと懐かしそうに、私に教えてくれたのです。

あの時の、母の横顔には、幾多もの風雪を乗り越えてきた一人の人間としての自信と、母の優しさが、心の隅々までただよっていました。

母自身が、子ども心に鮮明に焼きつけた一片の雲を、今、ここに母子という不思議な縁で見つめつつ、なおも、その母の心の内を垣間見る時、私は目頭から止めどもなく流れる熱い涙をそっとぬぐいながら、心豊かな母（ひと）の子であることを感謝せずにおれなかったのです――。

過ぎし日、あの日、あの時、母が教えてくれた大切な大切な、母の遠き幼き心のアルバムを開く思いで、私は、時を経て、母の心を重ねて西陽に輝くその雲をしばし仰ぎ見るのです。

# 母の膝って温かい

子どもたちの寝る時間が刻一刻と押しせまる頃、台所で洗い物をしている私のそばへ、この春、小学一年生になった長女のノン子ちゃんがすり寄ってきて「お母さん、耳垢(みみあか)取って！」と真っ先に順番取りをしました――。

「それじゃ、コタツで横になりなさい」の一言で素早くコタツの中にもぐり込み、洗い物を済ませた私の膝に寝そべるのです。

その様子を感じ取った、末っ子のイーちゃんが割り込むようにノンちゃんを押しのけて私の膝に入ってきました。

耳垢というより、「くるる、ふわふわ、くるくる、ふわふわ」と耳の中をやさしくなでまわす、これが子どもたちにとってはたまらなく安らぐ気持ちにしてくれるのでしょう。

日記を書き終えた長男のマー坊が
「お母さん！　ずうっと待ってたから耳垢取ってよ」

と、私の大きな膝に身をまかせるのです。

これが、母と子どもたちとのスキンシップなのでしょうか――。この耳垢取りは、時に私という母親からの子守り唄のように作用し、子どもたちが私の膝で寝てしまうことがよくあり、末っ子のイーちゃんを寝床へ抱いていくこともありました。

かつて、私も子どもの頃、我が子らと同じように母の膝で耳垢取りをしてもらっていて寝てしまったことを思い出します。

# 母

母という字を幾度も
書いてみる。
母、母、母——母。
太くなってしまったり
長くなってしまったり
いびつになってしまったり
なんて難しい字なのだろう
ふっくらと、ふくよかに
母という字を
もう一度、書いてみる。
やさしい母を思い出しながら
私も、おかげさまで、

三人の子どもたちの母になれました。

私を、この世に産んでくれた
かあさん！
かあさん！　かあさん！
字の上手な人
よく、ほころびを繕いながら
話を聴かせてくれましたね、

私たち兄妹弟は、
母の話の世界の人になりきれました。

悲しい話、可哀相な話の時、
私は、素直に涙をポロポロ流しました。
立派な人の子どもの頃の話の時は、

自分もそんな人になりたい
と思いました。

母は、いつもいつも私に、
不思議を積ませてくれました。
勇気、湧き出ずる人でした
私にとって、
泉のような人でした。
幼き日に見た
着物姿に、真っ白いエプロンが
青空の下で、とても輝いて
美しい母でした。
かあさん！
本当に、ありがとう!!
母は、まさに心の大地!!

また、私も、
三人の子らの
心の大地になれるように
自分も、心身共に
磨きゆかねばと
母を想いつつ
感謝しつつ。

# 大根汁の思い出

今朝の味噌汁は、大根汁にしてあげましょう。「サクッサクッ」と細く千切りにした大根を煮干のぷーんと香る鍋の中に「サーッ」と入れます。

うーん、するする。あの懐かしい大根汁の匂いが「ぷーん」としてきます――。

五十有余年も昔の幼い日、母の生家へ泊まった朝、今は、すでにこの世を去ってしまった祖母が、まだまだ元気でいた昔、一人一人のお膳の上に真っ白いご飯と一緒に並べてくれた大根汁。あの時も、今朝の私と同じ気持ちで祖母は真心込めて、おいしい、おいしい大根汁を作ってくれたんだなーと、思い出します。

居間の大黒柱にどっしりと据え付けられた黒光りした大きな柱時計の「ボーン、ボーン」と時を打つたくましい音が、私の心の奥の思い出のアルバムの中から、鳴り響いてきます――。

そして、おいしそうにすするあの大根の味噌汁の香りと、祖母の「味噌汁のおかわりをどうぞ」という笑顔も、今、ここに温かい思い出となって伝わってきます。

## 木々が踊っているよ

部屋の窓を開けると、青空に朝陽がまぶしいほどに輝いて、思わず目を細めてしまいました。

庭の八重桜は、今が満開とばかりに春の風に、ユサユサと踊っているかのようです。

真向かいに見える小高い山の木々までもが、八重桜に合わせるかのように、まるで人が肩と肩を組み合って応援歌でも歌っているかのようにこっけいに私の目に映りましたので、傍で遊んでいた次男のイーちゃんに、

「イーちゃん！　あの山を見てごらん、木たちが踊っているよ!!」

イーちゃんは私の声に遊びの手を止め、目をパチパチさせながら窓の外の私の指さす山を見つめました。

「でもね、お母さん、木の踊りの音楽が聞こえないよ、どうして？」

「よーく、耳をすまして聞いてごらん、うれしいな、うれしいな、楽しいなあーと木の歌声が聞こえてくるよ！」

私の説明を聞いて耳をすますイーちゃん、

「本当だあー」

一瞬の母と子の感性です！

## 皮引きへの想い

夕食の、おかず作りのために、時計の針を気にかけながら、私は、ジャガイモなどの皮を、スースースーと引きます。毎日毎日当たり前のように皮引きを使いこなしてきました。十四年も、調理道具として私になじんできた証として角（かど）は変形しましたが、全体がにぶく光っていても刃の部分はまだ健在です。

問屋さんから、新しい調理器具をいただきました。その中にアイデアがデザインされた小型の皮引きが入っていたので、その新しい皮引きを使ってみました。すると、リズミカルに次から次へとあっという間に、様々な野菜の皮をむくことができ、すきとおるように薄くきれいに仕上がったのです。

「誰が考案したのかしら？」

親子で感動させられました。小学二年のノン子ちゃんも、保育園年中の次男のイーちゃんも、この日の感動がきっかけとなり、毎日のように流し台の中は、じゃがいも・ニンジンが、皮引きで薄く仕上がった状態でいっぱいになっています。

そんなある日、新しい皮引きが見当たりません。野菜くずと一緒に「ポイ捨て?」してしまったのでは——。不注意から行方不明状態の皮引きが「なんで、私を捨てたの! 助けて!」と叫んでいるかのように後悔となって私の心に響きました。

片付けるはずの古い皮引きを引き出しの中から取り出して、また、私は心の中で、「使い込んだ古い皮引きさん、縁があるのね!」と独り言。

## 老いてなお、心の啄木に再会した思い

今から、五十有余年ほど前、独身時代。知人たちと一週間の「夏の北海道旅行」を計画しました。家族の温かい理解の中、初めての旅行に、スケッチブックを片手に、「もう、この同じ場所には足を運べる機会は無いのでは」との思いで旅立ちました。

カメラの代わりにポケットサイズのスケッチブックの一頁一頁に鉛筆で、思い出に残したい私の心のキャンバスに映った様々な情景を描きました。

エピソードとしては、アイヌ集落でスケッチに夢中になり過ぎて、描き終えて周囲を見渡すと同行者の姿がありませんでした。迷い子になってしまったのです。その時は、もうスケッチはやめようとしたのですが、「せっかく北海道に来たから描いた方が良い」と、私を理解していただけたので、行く先々で私はスケッチを続けることができました。

観光企画で、大森浜海岸（函館）にある「小公園」に行った時、私は、大海に背を向けた石川啄木の座像のある情景をスケッチブックに描きました（もちろん鉛筆描きです。時間も限られ、色彩などの印象は自分の心の中に）。座像の台座に歌が刻まれていました。

潮かをる北の浜辺の
砂山のかの浜薔薇(はまなす)よ
今年も咲けるや

啄木

時は過ぎゆき、私も結婚し生活環境変化の中、北海道旅行で描いた大森浜海岸の啄木像のあるスケッチと、時を経て思いもよらぬ方法で、自分にとっては心の支えとなるべく再会となりました。三人目の子どもを授かりましたが、体調が悪く、入院しなくてはならない身となり、私の足はまるで何かに導かれるように書店の中に入って行き、奥の書棚の中の一冊、水色の表紙の『人と文学　石川啄木』が、まるで私が必ず来るべき人であると示していたかのように目に留まったのです。私は、その本を手にして一瞬、息が止まる思いで表紙の写真に釘付けになりました。それは、青春時代に北海道旅行でスケッチブックの一頁に描いた「大森浜海岸、啄木の座像」のある情景が、まさに私が手に持った本の表紙になっていたからです。

この時の自分は、明日中に産婦人科病棟に入院しなければ胎児は出産できない状態になっていたのですから、そんな時になぜ？　自分が、この本を手にしたのか不思議でならないのでした。財布には一五〇〇円入っていて、また、本も一五〇〇円で購入できました。

血圧一八〇という身で翌日私は、病院のベッドで安静の身。枕元には『人と文学　石川啄木』を置き、とうとう私は患者として胎児を守るための入院生活が始まりました。家では嫁ぎ先の家族に幼い二人の我が子を預けての生活でした。皆の協力により、一時は危ぶまれた時もありましたが予定日より三週間早く三人目の子どもを出産することができました。

あの当時、私にとっては、苦しい時を乗り越えさせてくれたのが啄木の本でした。その子もお陰さまで現在、人並みに結婚生活を築いております。私自身、老いた身ではありますが、『人と文学　石川啄木』という本が、あの時代、心の支えだったと夫に話したら、娘と二人で岩手県渋民村に行くことを勧めてくれました。念願だった、石川啄木の幼い頃を過ごした地、岩手県渋民村を訪ね、啄木が見た風景や、教師として生徒たちと接した教室、啄木が在職中に使用した机や、椅子などを見てまわりました。古い黒板にたくさんの字も書いたであろうと心の中に思い、今、私の前に啄木がいるのではと想像しながら、歴史が止まったかのような感情にひたりました。そして記念館には、歌に書かれていた、みかんを焼いたという小さな火鉢が展示されていました。

　啄木がこの世を去っても、ここに生き続けていると思いつつ、我が子と啄木に逢えた旅ができたことを夫に感謝しています。

## 心震える時

毎朝、保育園に通う我が子の小さい手をつなぎながら歩きました。なれた道を時には、親子で童謡を口ずさみながら、また時には土手に咲きみだれる草花などをつみ取りながら、

「今日は、M先生にプレゼントしようね」

などと言って素朴な花を束ねて保育園へ持っていきます。

でも、今は一月の真冬。あの青々と繁っていた草花も枯れ、どこもかしこも、黄土色。

「今日は、冬の花をM先生にプレゼントしようね」

と言って、まるでドライフラワーのような、お花のミイラになっちゃった草花を束ねて、
次男は、得意げに言います。

「お母さん！　冬の花きれいだね」

と、ピョンピョン飛びはねて、うれしさをかくしきれません。どんな時も担任のM先生は必ず受け取って教室に飾ってくれていたからでした。

空を見上げると、冬の澄みきった青空に太陽がまぶしく輝いています。

時には、保育園のある深見の坂道を下りかける場所にさしかかると、遠方の御供方面の風景にしばし心をうばわれ、輝き澄み切った冬空に、幾重にもそびえる赤石連山の山肌に霞がかかり、その向こうにチラッと見える山脈の真っ白い雪化粧に、

「なんて美しいのかしら！」

と感動するばかりの自分――、かつて過ぎし日。やはり、次男の手を引きながら朝、保育園へ送って行く途中、とりで山という林道を歩いていたら、何やら道のド真ん中にチョロチョロと出てきました。リスが私と次男の姿を見ていたのです。

「イーちゃん、リスだよ！　ほらっ可愛いね！」

と言うと、それまでは道狭しと遊びながら走るような歩き方をしていた次男も、びっくりして歩みが止まってしまいました。

次男は「リスさん、リスさん行ってきます」

と声をかける間もなくリスは道を横切って生い茂る木立の中へ姿を消していきました。

またある時は、道なりに進んでお滝という場所に来ると、春の陽ざしの中に、「ザーザー」という水の流れ落ちる音が聞こえます。それにくわえて梢には、小鳥のさえずりが谷間に響くのです。

春には、ウグイスの鳴き声に心をなごまされ、夏には、カッコウの鳴き声とセミの鳴き声に癒されます。また盆の頃になると聞こえるヒグラシの鳴き声は、どこかさみしさをかき立てられます。山間の僻地とはいえ自然環境に恵まれて、都会には得がたい命を貴ぶ教えがあると思います。そして時代を問わず私は人間形成において幼児期こそ五感の発達が大切だと思っています。見る・聞く・嗅ぐ・味わう・触れるの五感。

郵便はがき

料金受取人払郵便

新宿局承認

2524

差出有効期間
2025年3月
31日まで
（切手不要）

1 6 0-8 7 9 1

141

東京都新宿区新宿1－10－1

**(株)文芸社**

愛読者カード係 行

| ふりがな<br>お名前 | | 明治 大正<br>昭和 平成 年生 歳 | |
|---|---|---|---|
| ふりがな<br>ご住所 | □□□-□□□□ | | 性別<br>男・女 |
| お電話<br>番号 | （書籍ご注文の際に必要です） | ご職業 | |
| E-mail | | | |
| ご購読雑誌(複数可) | | ご購読新聞<br>新聞 | |

最近読んでおもしろかった本や今後、とりあげてほしいテーマをお教えください。

ご自分の研究成果や経験、お考え等を出版してみたいというお気持ちはありますか。

ある　ない　内容・テーマ（　　　　　　　　　　）

現在完成した作品をお持ちですか。

ある　ない　ジャンル・原稿量（　　　　　　　　　　）

| 書 名 | | | |
|---|---|---|---|
| お買上 書 店 | 都道 府県 市区 郡 | 書店名 | 書店 |
| | | ご購入日 | 年 月 日 |

本書をどこでお知りになりましたか?

1.書店店頭　2.知人にすすめられて　3.インターネット(サイト名　　)

4.DMハガキ　5.広告、記事を見て(新聞、雑誌名　　)

上の質問に関連して、ご購入の決め手となったのは?

1.タイトル　2.著者　3.内容　4.カバーデザイン　5.帯

その他ご自由にお書きください。

(　　)

本書についてのご意見、ご感想をお聞かせください。

①内容について

②カバー、タイトル、帯について

弊社Webサイトからもご意見、ご感想をお寄せいただけます。

ご協力ありがとうございました。

※お寄せいただいたご意見、ご感想は新聞広告等で匿名にて使わせていただくことがあります。

※お客様の個人情報は、小社からの連絡のみに使用します。社外に提供することは一切ありません。

■書籍のご注文は、お近くの書店または、ブックサービス(0120-29-9625)、セブンネットショッピング(http://7net.omni7.jp/)にお申し込み下さい。

# 家族

今は亡き両親が、生前「結婚六十周年記念は野麦峠で過ごしたい」と、私たち五人の子どもたちと約束してありました。そこで両親の希望どおり行楽シーズンに合わせ、子どもたち夫婦、孫たち総勢三十二名が、野麦峠のある奈川温泉郷の民宿「野麦荘」を貸し切りで一泊二日の「両親結婚六十周年記念祝賀会」を行いました。

当日は晴天に恵まれ送迎バスの車窓からは、山や川など風光明媚さに感動しながら会場の「野麦荘」へ到着。玄関横の湧き水は、鉄分が含まれているとのことで、わざわざ、ペットボトルや水筒にとその水を求めて多くの方々が来る有名な場所となっていました。

私たち（兄妹弟）は、この日のためにお金を出し合って両親への記念品「夫婦金時計」を、孫たちからは、それぞれがお手紙を準備しました。孫代表が花束贈呈を行い、そして宴会中に全員が色紙に寄せ書きをして兄さんから両親に贈りました。

なぜ野麦峠を希望したのかは、あとから聞き知りました。両親が出会った時代、日本は戦争という世の中でありました。特に、日清、日露戦争、第一次、第二次世界大戦という国を挙げての戦争時代。各々の青春時代は、国策によって奪われました。母の兄も戦死しています。戦争による犠牲は誰も逃れることはできない社会情勢でした。頼みの兄を亡くした長女だった当時十四歳の母の下には幼い弟や妹が四人いました。当時、国鉄（日本国有鉄道・現ＪＲ）職員として就職したばかりの長男が国からの赤紙（召集令状）一枚によって、国鉄を強制的に辞め、出征して現地にて戦死したことにより、父親は胃潰瘍が悪化して血を吐くほどに病弱になりました。大家族を支えるのは長女だった十四歳の母の肩に重くのしかかりました。父親の薬代は借金となり、その返済の条件として働くために、片倉製糸福島県平工場へ製糸作業員として出稼ぎに行く身となっていたのです。

母は作文が得意で、その時代、母の書いた文章を、農業関係の取材で母の通う学校へ朝日新聞記者と一緒に来ていた作家の久米正雄氏が、母の文章力を認め、将来、書く仕事が良いと学校に伝えて希望を持たせてくれたとのことでした。しかし、現実は、父の病気による借金、家にはまだ社会へ出ることが不可能な妹弟たち。妹弟のための生計を立てられるのは母しかおらず、長女として働き、仕送りしなければならないという責任が優先でした。母は心の奥で希望としていたのですが、目標がありました。出稼ぎ女子工員としての集団生活の中で、仕送りし、手元に残った給与の中から教材を買って寄宿舎の廊下の電灯の明かりの下、独学で勉強していた日々（休日や夜）。父の病気は娘として思うことがあり、医療の勉強へとのめりこんでいきました。

その時代、日本は国策として製糸産業が収益の大きな輸出産業の一つでした。日本の中心に位置する長野県には諏訪、岡谷に製糸関係の本社が有り、技術指導者として二十歳の青年技士が本社より福島県平工場へ赴任してきて、女子工員さんたちに技術指導をしていました。その女子工員の中で一人、独学で勉強している当時の母に心を向け、両親二人が出逢ったきっかけになったという青春期を知りました。

当時の二人の出逢いは二十歳の青年と十七歳の女子工員でした。互いが逢うことも難しい環境、恋人（父）に母は詩にして心情を詠みました。

紫雲（しうん）夕空に漂い（ただよい）
一人淋しき想いに駈（か）られつつ
何気なくペンをば執りぬ遣瀬（やるせ）なき
ペン先に君が名を幾度か
走らせつ重き溜息（ためいき）つけば

か細き文字の姿の
　何故恋し懐かしきかな
もの思う身の何故かくも淋しきか
　恋知る身の何故かくも苦しきか
身は此処にありとも夢は
　君の枕に通わん
優しき君、強き君
永遠(とわ)に忘れじと小さき胸に
深く大きく君の名を刻みて
秘めし君知るや

ムメ

父は、片倉製糸時代、中堅幹部として、企業発展のために努力していたので、企業側からも将来を嘱望されていましたが、松本工場へ赴任してからは体調を悪化させ、部長職を目前にして病気のため、惜しまれながら三十八歳という若さで退職せざるを得ませんでした。

母は父と結婚するまで正看護師として、結婚してからは五人の子どもを育てながら家族の協力も得て、途中の長い人生では様々な苦労も経験しました。私たち子どもにとっても思い出の多い両親の姿を目の当たりに家族の歴史をつくりながら、母は国立松本病院を定年退職し、父も地元の市議会議員として四期十六年働いてきました。

私が、父母の一生懸命な生き方を通して思うことは、

「冬は必ず　春となる」ということです。人の生き方を学びました。

人生劇場で一人一人が主役となり、また脇役として様々なドラマを演じなくてはならない時もあります。私は、片倉製糸の技術者と女子工員として巡り合い恋愛結婚した両親が人生の最後に選んだ「野麦峠」は大事な思いが込められていたからだと感じました。両親亡き今、両親の墓へ香を立てに行き、元気でいた頃の両親を偲びました。

父の葬儀を終えた後日、母は先に逝った夫へ詩を詠みました。

君、逝き給いて色褪せし桜花舞い散る

春の暮れしうす紫の夕なり
君、植え給いし、かっこうの花紫？
瞳に沁みてホロリこぼれし白露に吾が影宿し射るが如くに見つめいて、
見つめつ、見つめしままのその瞳にて　永遠の別れを言いし君
永遠の愛を誓いてあの瞳のままに
もの言わず、永遠の別れを告げし君　永遠に忘れじ今わの極のあの瞳
我が胸奥に火となりて燃えひろがりて
君を追ふ、あゝ燎原の火の如く
燃えひろがりて消ゆるなく、
永遠に誓いし愛なれば
我が胸奥に燃えゆく。

平成十六年六月　　　　私、ムメの今の心境です

## 永遠に我が子、経子は絵の中で生きている

青木新門さんの『納棺夫日記』を読み、私にとっては、忘れ去ることのできない悲しく辛かった我が子の命消ゆる日を昨日のことのように思い出します。

昭和五十二年一月九日は長女としてこの世に生を受けるはずであった経子の命日となりました。

それは、結婚して五年目に待望の子どもを授かり、母となる日を心待ちにしていた日々でした。この年の正月は異常ともいえるほどの厳しい寒さで、安定期真っ只中で胎児も順調であったのですが、某会より必ず私に出席していただかなければ上に報告ができないとの要請があり、従わざるを得ないという環境の中で某所へ参加。底冷えのする会場で私の体に異状が起きました。前日までは元気であったのに急に胎動を感じなくなり、キリキリと下腹部に痛みが走りました。急激な痛みは数分ごとに増し、目を開けておれぬほどでした。重く冷たくさえ感じる体の激痛に耐え、某会場より休み休みやっとのことで我が家の玄関のドアを開け、転がるように部屋の中へ入りました。

この状況を知らず帰宅した夫は、私の異変に驚いて私の実家へ連絡したところ、当時、国立病院看護師として深夜勤務から帰宅直後の母が駆け付け、

「何故、このような身で某所へ行ったのか」

と言いつつ救急車を手配し、某病院へ急ぎました。この日は日曜日で運悪く産婦人科医師が亡き恩師のお通夜に出掛けて留守のため、出迎えてくれたのは当直医師（他科）と看護師でした。その後、陣痛が、どんどん進行し、七カ月の胎児を主治医の居ない分娩台で早産してしまったのです。当直の医師と看護師も手の施しようも無くあ然とした事態の中、産声も上げない真っ赤な肌の小さな小さな我が子を直ちに白いタオルケットに包むように抱いて、急遽別室へ移動させていきました。私の傍で目を閉じ、ずっと私の手を握って一心に祈る母の姿を目の当たりにして、平常心ではいられない異状の中で出産してしまったという現実――。

私の分娩処置を済ませた看護師の口から、

「今、赤ちゃんは、小さな体で一生懸命頑張っています。お母さんも頑張ってください」

と意味深な一言に私は、ただただ「赤ちゃんは？　赤ちゃんは？」と繰り返し叫び続けました――。

病室のベッドへ移り、二日目になっても「赤ちゃんは一生懸命頑張っている」と言って我が子を私の所へは未だ連れて来ないので、「どうしても我が子に逢いたい」と頼むと、「実は赤ちゃんは亡くなりました」と打ち明けられました。私が「亡くなった我が子を、どうしてもベッドまで連れてきてほしい」と泣きながら頼むと、しばらくして、変わり果てた小さな小さな経子（命名）は真っ白い布に包まれ、看護師に抱かれてきました。病室のベッドで待つ私の腕の中へ看護師が静かに渡してくれました。

病院近くの呉服店で母は暖かな白いネル地の布を買って、愛しい孫のために小さな着物と小さな布オムツを縫ってくれていましたので私は、母親として最初で最後のつとめとして、愛しい我が子へ心を込めて着せました——。

七カ月もの間、胎動という確かな命、母子の感動を与え続けてくれた時間を尊く思い、今、ここに永遠の別れとなる我が子、経子ちゃんを絶対忘れまじとの思いで、私はその亡骸を胸に抱きしめました。夫と実父、嫁ぎ先の舅が、お寺に頼んで身内だけの葬儀をこれから行うと言って葬儀社が用意した小さな棺の中に、経子ちゃんを寝かせたのです。動けない私と母は、部屋から見送りました。泣き伏す私に母は、即興でこの光景を歌にして一枚の紙に書き、手渡してくれました。

七月目早産の孫は一声の産声も上げず息絶えにけり
術つくす医師看護師の表情のきびしさ増して動きせわしき
一層のきびしき顔を上げし医師唯今心音停止と告ぐは
かつて我味わいし苦悩吾娘も今悲しみ耐うるは母子の宿命か
人みないかに耐へこしもかわや生はきびしくはかなきものか

昭和五十二年一月九日　　　　　　　ムメ（即詠）

母にとっても深い悲しみの記憶が甦ったのだろうか、私たちの末弟として産まれるはずだった双子を不注意によって亡くしてしまったことが、ここに娘も現実のこととなってしまった宿命を、心情として詠んだ、母――。

私の描いた絵の中には、囲炉裏を囲んで家族が食事を摂る情景の中に亡き経子が育った姿で生きているかのように描かれています。

青木新門さんが著書の中で、パウル・クレーの言葉「人には見えない世界を描き出すのが絵である」――と引用していますように、心は永遠に生き続けることです。

## 我が父よ、母よ！

塩尻市から父母が、

「お前の顔が急に見たくなって来ちゃったよ」

と、オートバイ姿で店に入ってきた。父はつい最近まで心筋梗塞の一歩手前という事態で地元の病院に入院していた身。

母もまた、最近、糖尿病の疑いがあると医者より言われ治療を受けている最中……。塩尻市から、この阿南町までの道のりを、約四時間半という時間をかけて嫁いでいる娘に逢いたいと言って、病を押してまで、やってきたのです。しかも、オートバイに乗り合わせて訪ねて来てくれた老いた父母の姿を眼前にした時、私は、申し訳ないという気持ちにかられ、この時の両親を愛おしく、また、まぶしく思えてならなかったのです。どうか、いつまでもいつまでもあの昔に戻っていてほしいとさえ願わずにはおれない心情でした。

店と二間（ふたま）しかない我が家も、所狭しと言わんばかりに、日用品やら子どもたちの物が置かれ、本来他人には見られたくはない気持ちではあるが、自分を産み育ててくれた両親だからこそ、平気でそんな部屋も気楽に入ってもらえるのです。

母は、「疲れた疲れた」と言って、座布団を枕にし、体を横にして寝てしまいました。父にも横になるように勧めたが「僕はいいんだ――」と言って座椅子にもたれてテレビのニュースなどを見入っていました。白髪のめっきりふえた両親を思うと、様々なことが脳裏をよぎります。

結婚してから、正月も、お盆の時期も店を閉めることはないため実家へ行くことはできず、時期はずれに行くことがよくありました。飛ぶようにして両親へ顔を見せるためだけに急に行ったものですから、すぐ帰ってくることになります。

「泊まらんのか？　もう帰るのか？」

と言われることも一度きりではありません。いきなり来て、二〜三時間しかいられない自分が「また、来るからね！」と答えます。両親からすれば「夜道で事故に遭わないように気をつけて帰りなさいよ」との思いでしょう。心配させることばかりの私――。今、私が、食事の支度で皆で食べてもらうように、焼きサンマ、煮物、野菜サラダ等々をテーブルに並べ、両親にも特別ではない我が家の食事を食べてもらいました。

「おいしなー母ちゃん」

と、父は私の作った料理をうれしそうに食べてくれました。

他の兄妹たちは「実家の両親と○○へ行って来たよ」と聞いたけれど、私は実家の両親と○○へ行ってきたということもできていません。逆に、両親から、

「娘の顔が見たいから来たよ！」

と遠くの道のりを１２０ccのオートバイで途中、野菜、果物類を買い、そのビニール袋をオートバイのポケットに入れて訪ねてくれたことを思い、胸が熱くなりました。

離れていても、これが私からの両親への、親孝行の一つなのかも知れません。

允子43歳

# 第二章　書物

## 小説『龍樹（犬）＋シーマ（猫）＝リュウナ（犬）』によせて

平成十二年十二月十日夜、一日の仕事も終わり、家族が揃って、いつものように遅い食事を囲むはずでした。が、飯田市へ友人と出掛けた娘が時間になっても戻って来ないために、娘の食膳をそのままにして家族は夕食を済ませました。ところがその直後、電話のベルが鳴り受話器の向こうから聞こえた言葉は、

「宣子さんが正面衝突の大事故で病院へ救急車で運ばれました」

との一報に家族は血の気が引く思いで娘の命の無事なことを心の中で祈りつつ、入院先の病院へ駆け付け、ベッドに横たわる娘と再会しました……。

それは小説『龍樹＋（プラス）シーマ＝リュウナ』の著者である娘の人生を左右する一つのきっかけとなってしまった大事故でした。我が子たちにとって幼い頃から家で飼っていた犬や猫というペットは家族の仲間であり、ペットに対する心の寄せ方は娘が一番かと思い出します。毎日の生活の中で特に、「おすわり。お手！　おかわり」と声をかけ、食べ物を与える時にする猫のシーマのしぐさは、娘の訓練の賜物です。その光景を傍で見ていて私は思

わずカメラのシャッターを押してしまいました。

しかし、ネコのシーマや犬の龍樹も思わぬ病気、ケガなどで動物病院へ連れて行くことがありました。動物と人間との違いは、５倍ものスピードで年齢を重ねるということです。犬の龍樹は老犬ということもあってか、突然、散歩から戻って小屋の中で亡くなってしまいました。猫のシーマも同じ頃、野良猫に襲われて、その姿は我が家には戻ってはきませんでした。不思議なことに、娘の交通事故という不幸の悲しみの出来事の中で、家族同様に接していたペットたちとの別れは、一番、娘の心身に影響を与えたことは間違いありません。家族も同様です。

そんな悲しみの中、我が家に新しくミニ柴犬の女の子犬、名前を「リュウナ」という、賢いアイドル犬が家族の一員となって迎えられることになりました。

愛犬「リュウナ」は、交通事故で日常生活にも支障がでる大変な状況下にいた娘の傍に、常に寄り添うように生活していました。店を経営していました我が家ですが、娘が常にリュウナのために服を着せて、店の看板犬として来店されたお客様からも可愛がられ、長年一緒に暮らしていました。そうして約十五年という歳月、その間には娘も人並みに歩く生活ができるようになりましたが、リュウナはとうとう老衰のため、家族に看取られて亡くなりました。

娘は、ペットの心に一番近かったこともあり、三匹のペットたちとの、在りし日を忍び、『龍樹（犬）＋シーマ（猫）＝リュウナ（犬）』が天国にて仲良く暮らしているとの心情と感謝を込めて一冊の小説として著しました。さらに、その体験を著者のペンネーム小西莉子として、紙芝居までも制作して、ＮＰＯ関連と、また、長野県商工会関連女性部の方々の前でも三匹のペットと娘の心の絆を発表させていただきました。

# 天才詩人、石川啄木の妻・石川節子の生涯について

明治十九年生まれの啄木の妻、節子は、岩手県盛岡市の役場に官吏として勤める堀合忠操（見識が高く、経済力のある人でした）の長女として生まれ、ピアノ、バイオリンを弾く恵まれた環境の中に育ちました。義務教育もまだ定着していない時代、明治の女性としては自由闊達な気質をもった節子が十四歳のとき運命的な出会いをした男性は、同じ文学熱の高まりを共有する渋民村出身の盛岡中学生（百二十八名中十番の成績で進学した）石川一（後の天才詩人石川啄木）、禅僧の長男として育った啄木と、早熟な恋に落ちたのです。二人は様々な困難を乗り越え、節子が十九歳のとき結婚生活をスタートします。その結婚は、決して甘いものではなく、啄木の詩や日記にも書かれているように一家は病気と貧困から生涯逃れられない。たった七年間という短くもその時々の生活が赤裸々に色濃く啄木の作品に滲み出ています。

啄木の母から感染した結核という病は、夫の啄木そして妻の節子二人の愛の結晶でもある彼らの子どもも、母である節子が他界後に結核が原因で死亡することとなりました。啄

木・節子にとっても待望の男子誕生、真一はわずか一歳で亡くなってしまいました。

明治時代の結核という病気は、現代でいう癌と同じほど、一度感染したならば不治の病として治療は難しい恐ろしい病気であったようです。不幸にも十分な栄養も摂れないような貧困生活の中では、家族全員が結核菌に体が蝕まれて、高熱（三十八度～三十九度）のため思うようには働けず、啄木は家族の生活費を捻出するためにペンを執り作品を書きました。が認められず、また、職に就くものの関係者とのトラブルなども原因で長期には安定した収入を得られない状況でした。病気の悪化と益々困窮する経済。しかし、そのような中でも、夫の才能を誰よりも強く信じ一番の理解者であった節子は、女学校卒業の時に取得した免許が役立ち、代用教員として家計を助けるが、節子もすでに結核が体を悪化させる状態の中での苦しい仕事でありました。

節子にとって十九歳という結婚生活のスタートから二十七歳数カ月で他界するまでの七～八年という人生を積み重ねる日々は、正に忍耐と、文学を志す一人として心の奥底に消すことのできない啄木同様の魂があったからなのかも知れないと私は痛切に感じるのです。

それは啄木が死の床に伏した時、

「自分のそれまでの作品や日記の数々を燃やしてくれるように」

と節子に頼んだのですが、燃やすことはせず、啄木の死後、遺稿の総てを、啄木との集大成ともいうべき大事業を命を賭して成した結果が、「詩人、石川啄木」を、文学界に、誕生させたのだと思います。節子は啄木の後を追うように、わずか一年後、幼い二人の子を残し大正二年五月五日二十八歳という若さで他界しました。

人は誰しも、生と死を免れることはできないとするならば、節子夫人も人生の花を立派に咲かせられた女性だったと思うのです。

## 本との関わり

今や、大人も子どもも情報化社会にどっぷりと浸り、現代の子どもたちの日常生活の中でも、遊び道具の一つとなってしまっている多種多様のゲーム機。これらとの接し方によっては、ある面において人間として成長してゆくべき課程で、（未完成な精神と肉体のアンバランス状態のまま）機械的思考に片寄った人格の人間に成長してゆくのではと案ずる一人です。

特に、人間としての土台を築くべき年齢は、幼児期ではないかと思います。

その人の生い立ちに触れた時、やはり、この成長段階でどのような刺激を精神や肉体に受けたかによって、一人の人間としての感性の豊かさも形成されてゆくのではと思うのです。

いわゆる「三ツ子の魂、百まで」と諺にあるように、幼児という時期は人生への影響が大きいと思えてなりません。従って親としては、そのような発達段階をわきまえて、特に幼少期には、日々成長期の物質的幸福感より、精神的幸福感を重視して是非とも心の豊かさの刺激と思考力を備えるためにも年齢に合った良書に出会わせてほしいと思います。

久しぶりに出逢った友人との話題は、互いに無我夢中で走ったような子育て時代の体験談と自身の子どもの頃の思い出話――。

私にとって忘れがたい幼少期の思い出は、両親から随分と精神的幸福をたくさん受けさせてもらったこと。父が、休暇を利用してキャンプに連れて行き、自然の中での智恵を体験させてくれたことや、母が、自作のストーリーや伝記を私たち子どもの衣類のほころびを繕いながら語ってくれたこと。母の周りは、いつも五人の子どもたちがピタッと吸い寄せられたように、母の語りの世界に入り込んだ時には、涙を流しながら、また、時には笑いこけながら聴き入った当時が懐かしい。

私自身、子育て中（我が子が保育園時代）、園から毎週土曜日に絵本を借りて親子で何冊もの絵本に触れてきました。中でも、『やさしいライオン』（やなせたかし作）という絵本は特別な想い出を残すほどの内容でありました。

読み進めている最中、私自身、どうしても溢れる涙を止めることができず、とぎれとぎれにやっとの声で読んでいる状態に驚いた我が子が、正座をし直して聴き入ってくれたことでした。

その時の体験が我が子に影響したらしく、毎週『やさしいライオン』を借りて帰ってきました。笑われるかも知れませんが私は正直、くたくたになるほど、早朝六時頃から深夜まで私の傍らに本を持った状態の我が子がピッタリと付いて読みまくったということが日曜日の思い出の中に、あったのです。これまでの本の中で一番たくさん母子で開いた絵本となりました。

諦めかけていた忘れがたい思い出がいっぱい詰まった一冊の絵本を町の図書館へ行った時、当時を思い出しながら読みました。そして私は、この運命的な絵本に感謝したい気持ちでいっぱいです。

# 「こもれび」にふれて

書店・平安堂アップルロード店に行った私は、いつものように、様々なコーナーに眼をやりました。すると、数々の本の中で、ひときわ美しい装画の前で、まるで、その本が私の来るのを待ちわびていたかのごとく展示されてあり、一瞬、胸が詰まる思いで手にしました。『小池きゑ子文集　こもれび』著者　小池きゑ子　発行者　小池誠と記載されていました。

文集の中の作品、童話「こもれび」について触れてみたい。幼い主人公の、さやかちゃんのお母さんが交通事故に遭遇したことがストーリーになっていまして、さやかちゃんは、以前お母さんから教わり、坪庭の木々の葉の間から、おだやかな太陽の光が差し込む光景を、こもれび……と知りました。

突然のお母さんの入院、ベッドには意識不明の状態で横たわっています。母のいない家庭の寂しさ、家族皆の一生懸命な母への祈り。そんな中、さやかちゃんの思いはお母さんの心に届き、意識も戻り、日ごとにお母さんは回復し、十日後に家族の元へ帰ることができきました。さやかちゃんの描いた「こもれび」の絵は食堂の壁に大切に飾られています。

著者・小池きみ子さんとの出会いは、文集発行者の小池誠（息子）さんとの出会いでした。

今から二十数年前、ローカル紙に掲載された「のこされた命、骨肉腫の画家、小池誠展」というテーマの記事を読み、今、この個展を観に行かなければ一生後悔するとの心境で、上郷黒田（かみさとくろだ）にあるアートハウスという個展会場へ幼い二人の子どもたちを鈴なりに連れて、まさに誠さんの命のメッセージともいえる作品を鑑賞しました。このことがきっかけで、足を運べる個展会場へは必ず行かせていただきました。そんな中、便箋（びんせん）数枚に書かれた一通のお手紙と共に、著者であるお母さんの童話「こもれび」が同封されて届きました。

当時、小学生だった我が子の担任の教師に童話を届け、是非、クラスの子どもたちに読んで聴かせてほしいと話しました。

翌日、担任から連絡が入り、

「童話をホームルームの時間に読んで聴かせました。クラスの全児童が真剣な姿勢で聴いていました。著者にその旨伝えてください」

との報に、手紙にてその様子を知らせました。返信には「小西さんが『こもれび』を小学生にまで、紹介してくださったことを知り、お手紙の一字一字が涙でぼやける中、拝見いたしました」と書かれてありました。

文集『こもれび』に書かれてありますように（息子）誠さんは、十八歳の若さで骨肉腫という病魔と闘う状況になり、片足切断、また両肺の手術と苦しみの中で選択した人生は、画家の道のりです。代わってやることのできない母親としての苦しみに耐え、その病魔を乗り越える誠さんを支える両親や家族の絆は、やがて、誠さんが画家として挑戦する中で、輝かしい大活躍の場を国内はもとより、海外にも道を延ばすほどの今日となっております。

私自身、少々昔から自己流で絵筆を滑らせていましたが、美術展へ挑戦すべきドアを開くきっかけは、小池誠さんに出会う中で相談したことが源です。信州美術会、南信美術会員とさせていただいておりますが、今にして思えば、二十数年前の上郷黒田、アートハウスでの誠さんの個展に足を運んだ時代があったればこそと思います。

人は、いかにして、自ら求めて、その時に出会えるのか、否か……。そして、その出会いによって得られることのできる尊い思い出こそ、人生には、何にも勝る宝だと、時を経た今痛感します。人生の証明者でありたいと願いつつ、小池誠さん、そして、文集の著者である（お母さん）小池きゑ子さん、これからも、ご活躍を祈っております。

## 本と絵に支えられた子育て

私の子育て時代を振り返ると、本との関わりが多かったと思えます。その関わり方は自分流で、我が子が幼児期から義務教育期間にわたり、年齢に沿って日常生活の中で何げなしに活用しておりました。

まず、幼児期などは寝床の中で子どもが差し出す本を読んで聞かせました。二〜三回読んだ本は情景をイメージさせて語り聴かせなどもしました。特に我が子からは十八番と言われてしまいますが、食事などを粗末にした時は『ああ無情』の主役、ジャン・バルジャンの生い立ちからその行為について幾度も語り聴かせました。また、「アンデルセン」の美しい話や、知恵を出した方が良いと思われる時は「イソップ童話」の様々な話、また、「グリム童話」のピリッとした話など、さらに「日本昔話」に出てくる歴史的な子どもの様子なども引用して読み語りをしました。日常生活で我が子とは本や絵を楽しみながら母として接してこれた思い出がたくさんあります。

絵は、私自身が幼児期から描くことが好きでしたので、夕暮れ時になるまで描いていた子どもだったらしいです。こんな自分が母親になったものですから、あることがきっかけとなり、日曜日などを利用して三人の小さな子どもたちの手を引いたり、背負ったりして、画材や、おやつなどを持って、あちらこちらと絵を描きに出掛けました。時には親子で電車に乗り、松本城や旧開智学校の前で見知らぬ人々の視線を意識しながら最後まで描き上げました。

そして、町の文化祭に教育委員会がファミリーコーナーを設けてくれ、母と子どもたちの作品展示をしたこともありました。多くの町民の方々に観ていただき、実に楽しい時代を母子共に体験できました。これはひとえに子育てに対する夫の協力のお陰と思っています。

義務教育に上がる前の幼児期には、子どもたちが昼寝している時間など利用して、フェルトや不用になった布を利用して、手でさわる絵本を作りました。特に、思い出深いのは、地元には売っていない「デコレーションケーキを食べたい」と子どもたちが私に言ったので、私はフェルトでローソクが立てられたデコレーションケーキをアルバムの中に作り、「今日はデコレーションケーキを皆で食べられるから、本棚からアルバムを出して！　食器棚から、お皿とスプーンをテーブルの上に出してね！」

と、母である私が三人の子どもたちに言うと、ニコッと互いが顔を見合わせて全部テーブルに出しましたので、私は、デコレーションケーキのページを開いて、それぞれの皿に切って載せた真似をしましたら、子どもたちはスプーンで食べた真似をして、

「おいしい!」

と私に言ってくれました。皿には何も載っていないのに親子で空想の体験をしました。

その時代は、飯田市までわざわざ出掛けなければ地元ではめったに口にすることはできないケーキだったのですが、こういうことも本のおかげで心の豊かさが表現できたかと懐かしいです。

## パンの耳と子ども

子どもが、食パンの耳を残しました。

「どうして残したの？」と聞きましたら「固くて食べにくいんだもの」と言いましたので、私は、その日のおやつに子どもの残したパンの耳を油でカラ揚げにして、コーヒーのシュガーをまぶして出しましたら「おいしい！」と言って残さず子どもは食べました。

その日の寝床で、私は母としての立場からヴィクトル・ユゴーの『ああ無情』のジャン・バルジャンの少年時代を語り聴かせました。両親を戦争という運命の中で失い、姉夫婦の家にひきとられていったものの、現実は、姉の子どもたちさえ毎日の食事（パン）にも事欠く生活でした。その中で、少年ジャン・バルジャンは、せめて姉の六人の子どもたちにパンを食べさせてやりたいという一心から、町のパン屋さんにふらっと入って気がついた時は、すでに手の中にパンを握っていたのでした。

そのまま逃げた少年ジャン・バルジャンは、とうとうつかまり、たった一片のパンを盗ったという罪のために、十九年もの獄中生活を送りました。

ジャン・バルジャンは、確かに自分自身も空腹の身であったにもかかわらず、姉の子に食べさせたいがための行為でした。盗むという事実は今も昔も罪は重いです。しかし、今、飽食時代にあって、我が子がパンの耳が固いので食べられないから残したということの事実を比較した時、深い悲しみに浸るのです。

# 第三章　命

## 小さな蜘蛛（くも）と小さな虫

庭の雑草と雑草の間に、小さな小さな蜘蛛が、小さな小さな巣を張りました。その細い絹のような糸に、小さな小さな虫がつかまってしまったのです。

「かわいそうだなあ～」との思いで、成り行きを見守りました。

小さな小さな蜘蛛は、小さな小さな虫を捕まえるために、その小さな小さな体から、必死の思いでこの糸を出し、そして、この雑草と雑草の間にしっかりと張りめぐらしたのでしょう。命ある万物にとって、この世の中総ては、弱肉強食の流れの中に生まれ、そして去っていく定めにあります。――

小さな虫は、私に「助けて！　助けて！　お母さん～！」と叫んでいるかのように必死で全身の力をふりしぼって、その糸をゆすっています。――やがて、その力も尽き果てたかのようにおとなしくなってしまいました――この小さな小さな蜘蛛も生きるために自分の持てる力と知恵を出しきっているのでしょう。

しかし、この小さな小さな虫に対する同情がつのり、私は、この糸を切って逃がしてしまいました。

生きていたい、生かしてあげたい、命と向き合った時、たった一つしかない命という重みを考え、限界に至った私の決断でした。

## 雑草の命よ

寒風にゆれる雑草よ
汝等の過ぎし日をしのべば
感無量なり
しかれども汝等は
その姿の中に
今、何をか
語りかけなん
その命…………よ

# 言葉

言葉……
文字に表せないから
消すことはできない。

言葉……
なんと重みのある
伝達なのだろう。

この一言で、相手を傷つけてしまったり
傷つけられたり。

この一言で、元気が出たり

沈んだり。

この一言で、心を開いたり
閉ざしたり。

だから、私は思う、
二度と消すことが出来ないから
一言一言に、私の心を込めて
あなたに伝えたい……と。

# どうして人間って死ぬの？

私が、夕食の支度をしている所へ来て、遊びから帰った九歳の長男と七歳の長女が、さりげなく言った言葉に深く胸をつかれる思いがしてなりませんでした。

「お母さん、人間って、なぜ死ななければならないの？　私、絶対死ぬの嫌だなあ、百も二百もずっとずっと生きていたいなあ。お母さん、どうして人間って戦争なんかしちゃうの？　私、絶対戦争なんて嫌いだよ、百も二百もずっとずっと生きていたいから。お母さん、人間がこの世界中で一番強いの？　今夜の、おかず何？　魚？　この魚って可哀相、だって人間に食べられてしまうんだもの。お母さん、地震ってどうして起きるの？　嫌だなあ、私たち、何も悪いことしていないのに」

「ああ――、お母さん見てよ、この写真！　可哀相だね、食べる物がないんだね、家がないんだね、服着ていないよ、あの子泣いてるよ。お母さん！　僕は石になりたいなあ、石は絶対殺されないし、死なないから、百も二百もずっとずっと生きられるよ」

今、私の手によって切られゆくこの魚を見て、子どもたちが可哀相だと叫んだからです。

この魚によって、私も子どもも尊い命をつながせて頂く恩恵に感謝しつつも、たった一つしかない命を失う悲しさや、たった一つしかない命を永く生きていたいという悲願と、その、いたいけな気持ちが、ひしひしと私の心の隅々まで伝わってきました。強いはずの人間でさえ、大自然界に逆らう生き方はできないのだということを痛感します。

悲惨な戦争によって、尊い命を失い、自然や人々の生活が消滅するような愚かな行為は、人間の醜いエゴによって作り出されており、化学汚染にもつながります。

生命尊厳の原点に立脚した時、今を生きる私たちは、後世のために自然の恵みを残してゆく努力を惜しまない使命があるのだと、子どものさりげなく言った言葉の端々から汲み取られてなりませんでした。

# 第四章　出会い

## 二人の女性との出会いと永遠の手紙

盲腸炎を手遅れにしたことが原因で、私は平成五年～平成十六年の間に五度の手術と入退院を余儀無く繰り返す身となっていました。そんな環境の中で多くの人々との出会いもあった訳ですが、特に二人の女性に対する忘れられない出会いが、今も走馬灯のように鮮明に脳裏をよぎるのです。

手術後、個室から四人部屋へ移動となった私は、まだ動けない状態が続く中、食事の時間になると窓側のベッドのMさんという高齢の女性が、私の湯飲みへお茶を入れてくれました。その度ごとに、お礼を言うのですが、Mさんは、ただ微笑んで自分のベッドに戻るので、付き添いで来られたお嫁さんにもお礼を言いました。その時「おばあちゃんは全く耳が聴こえないのです」と言われ、その事実を知った私は、斜め前のベッドのMさん宛にお礼の手紙を書きましたが、お嫁さんが「おばあちゃんは昔の人なので全く字の読み書きができない人なのです」と話されました。同室の中でも一番高齢のMさんから、こんなにも親切にしていただくことに、どのようにしたら私からお礼の気持ちを伝えられるのかということを考えた末、自分の体を動かすことのできる状態になった際には、出向いて優しく微笑むその姿を肖像画として描いてプレゼントさせていただこうと決めました。数日後、少しずつ歩けるようになれた私は、ベッドに座るその姿をスケッチブックに描き上げ、Mさんへプレゼントいたしました。

やがてお互いが退院してから後、偶然にも外来の待合室で再会したのですが、その二カ月後、退院していた私が目にしたのは、いつも、Mさんのために付き添っていたお嫁さんが待合室の椅子に一人、ポツンと座っている様子でした。不思議に思い声をかけましたら、最近他界されたとのことでした。――そして「おばあちゃんが癌末期で入院していた時は、肖像画や感謝の手紙を書いていただきこれ以上の幸せは無いです。絵と手紙は一つの額に入れて大切な思い出として部屋に飾らせていただきました。本当に有り難うございました」と話されました。

ある会で出会ったSさんという女性は、当時、癌が末期状態にあり、久しぶりに住み慣れた阿南のご自宅へ主治医の許可も出て一泊二日の外泊されていることを知って訪ねた時「まだ話をしたい、まだここにいてほしい」と言って、彼女は自身のこれまでの様々な思いを語ってくれました。部屋に敷かれた布団に横たわりながら傍にいる私に対し「貴女に逢うと、私メロメロになるのよ」と言っておられました。首から胸にかけて黒ペンで大きく線を引かれた彼女の体（コバルト治療を受ける箇所であるための印として）には、心を痛めました。その痛々しい姿を目の当たりにした時「安静が大切だから今度は必ず手紙で逢いましょう」と約束して彼女の家を後にしました。

——そして、外泊から戻った病室のベッドに横たわる彼女へ、私は巻紙に毛筆で激励文のような文面の手紙を書いて郵便にて届けました。大部屋から二人部屋へ移ったとのことを耳にし、とても気がかりではあったのですが、なかなか足が運べずにいました。病に倒れる以前の彼女は、とても面倒見の良い優しい性格の持ち主。「同じ病気の人を励ましている」と言っていたのに、突然の訃報。私は、無言の帰宅をした彼女と遺族の元へ急ぎました。

お通夜の晩、ご家族は、「小西さんからのお手紙、母の体を拭く時、母の胸から床に落ちました。母は大切なお手紙を永遠に持って逝きました。本当に有り難うございました」と話してくれました。四十七歳という若さで生涯を閉じた彼女との尊い思い出を心の中に大切にして生きていこうと思います。

――一期一会、Sさんも、Mさんもすでに私の心の奥のアルバムの中の人となっています。今にして思えば二人の方が私の手紙を永遠なものにしてくださったことに感謝するのでした。今の世の中、携帯電話、パソコンや、メールなどスピーディーな伝達手段のある時代にあってもなお、やはり相手への思いを込めての自分らしい表現は手紙であり、手紙という表現が時代を超越して人の心に滲むのだと私は思いたいのです。

そして、巻紙に毛筆で書くということは、私の心からの思いが、その方の心へ滲むように届けたいとの真っすぐな精神が湧くため、筆先が動くのだと――。

## ニャンともチロの目がうらやましい

家のネコの名前はチロ!!

真んまるい目、長いヒゲ。隣近所にも、たくさんのネコがいるけれど、よくよく見ると、人間一人一人、顔立ちが違うように、ネコにも、長い顔もあれば丸い顔、大きな目もあれば小さな目、長くて太いヒゲもあれば、短くて細いヒゲもある。

うちのチロ君は、こうやって見ていてもなかなかの美男ネコ!! である。

ネコの目が真んまるで大きく可愛らしいので、この目のように、私の目もパッチリと大きかったなら、今のように、鏡の中の自分に文句を言わずにすむのになあと、このネコちゃんのお目々がうらやましい。

ネコは、こんな私の顔を見上げて、小バカにしたように目を細めニャーン!! と一声鳴いて、戸の隙間から、暖かい太陽の光を浴びに外へ出ていってしまった。

# 第五章　地域

## 西尾実研究学習会で山下宏先生の受講生となった私

阿南町教育委員会主催の生涯学習で、信州大学名誉教授の、山下宏先生を講師に迎え「西尾実研究学習会」が、二〇〇一年～二〇〇七年、五月～十二月までの第三木曜日、午後七時三十分～九時まで、町民会館にて行われました。私にとって夜間このような時間帯で、研究学習会（長野市から一泊泊まりで来てくださる講義）をしていただけることが尊い授業であるため、参加を心に決め、家業の店を三十分早く閉めて、夫や家族の協力を得て、この第三木曜日は会場へ駆け込むという受講生でした。――受講生であったが故に、学び知り得た講義は今となっては、私にとって胸中深く懐かしい思い出となっています。

名誉町民であります、国文学者、故西尾実先生と山下宏先生は共に郷土、阿南町和合（わごう）の出身。『ひと足ひと足　伝記　西尾実』の中の第三部、「ふるさとに寄せる心〝心の目〟」に書かれていますように、西尾実先生は初代国立国語研究所長として多忙な時代、健康面では高血圧、緑内障初期症状などの成人病の兆候が現れ、六十四歳という年齢で次第に眼が不自由になりつつありました。当時、十八歳の山下宏青年は、東京で活躍された西尾先生を慕って、山谷深い和合の押ノ田から上京（向学心旺盛な青年でした）。

私が、この授業への強い思いを抱いて受講させていただいたのは、山下宏先生の「生い立ち」にありました。

貧しい家庭環境に育った一人の少年、小学校卒業後、経済的事情から、下條村の大農家に男衆（おとこしゅう）（季節労働者）となって住み込みながら早朝四時頃から農作業等をし、賃金は和合の実家に送金。手元に残ったお金で、飯田市の平安堂書店から教材を購入して、仕事を終えた時間に独学で勉強に励みました。いよいよ進学も間近となった時、宏少年は実家で苦しい生活をしている現状を思えば、高校受験の気持ちがあることを決して伝えられませんでした。宏少年は「力だめし」のつもりで願書を提出した飯田中学（飯田高校）を受験し、その結果は、五十番以内で合格。しかし、入学はしなかったのです。宏少年は「学校では、今頃きっと自分を探しているんだろうな」と思いつつ、向かった先は職探しのため職業安定所へ。帰りに平安堂書店へ足が向き、書棚から一冊の本を手に取り、著者名を見て驚いたとのことです。

西尾実、出身地、阿南町（現在名）和合と記されていたからです。同じ郷土、和合の人が東京で、現役で活躍している。向学心旺盛な宏青年は、東京の西尾実先生に宛てて一通の手紙を出しました。間もなく「東京へ出て来なさい。東京駅へ降りたなら、私にわかるように首から大きく『山下宏』と書いた名札を下げて居なさい。門島駅から東京駅までの汽車賃を同封しました」という内容のお手紙であったと話されました。

東京では、西尾家に来ると知った奥様が、さっそく、占師を訪ね占ってもらうと、占師は「金の卵がころがり込んで来るので大切にしなさい」と言われたとのこと。西尾家の玄関へ入るとすぐに二〜三畳ほどの部屋に宏青年は止宿することとなりました。

当時の杉並区は自然豊かで、野原が至る所にあり、西尾家は必ず山羊の乳を飲んでいたため、宏青年は毎朝、山羊の餌である草集めが一つの仕事でした。緑内障のため、全盲になりつつあった西尾実先生の活動は、山下宏青年の支えが何よりも重要となっていくのです。それは、口述筆記第一号として常に西尾実先生の手足となり、また杖となり、このような生活は十数年間に及びました。最も側近で恩師との尊い日々の積み重ねの中で、師範に合格した山下宏先生は、第二期生に口述筆記者の役を引き継ぎ、やがて、信州大学より講師として迎えられ、多くの学生に接し教育者としての道を歩まれて来られました——。

現在では同大学名誉教授となられています。

私が今でも西尾実研究学習会の中で忘れられないのは、いつの授業であったか、西尾実記念館で、山下宏先生が、ボロボロになった古い手紙を、そっと広げられ文面を読まれました。それが、西尾実先生からの大切な直筆のお手紙であったことです。亡き恩師との出会いを語られる山下宏先生という存在と出会うことができ、また私にとっても、この体験を今このようにして受講生として叶えられたことは、この上ない心の宝として大切にしたいと思います。

人は時代に流されていく限られた人生の中で、どれほどの心の宝を得られる生き方を自覚することができるのでしょうか——。

## 町の公民館報編集委員として携わって

私は、阿南町公民館報編集委員として約十三年間携わって、多くの取材をしながら、町内の老若男女の方々と、一期一会の貴重な出逢いをさせていただけました。その一つ一つが絵巻のように、当時の記憶がよみがえってきます。習慣として常にポケットやバッグの中には、メモ帳とペンを用意していて、次回取材に役立つようにテーマ探しをしておりました。代表四名の委員による編集委員会は重要で全員が意見を出し合う会議でした。

地域の代表としての責任と自覚が編集委員としての活動を盛り上げていました。特集は館報で一番のメインですのでシリーズとした連載、教育委員会がテーマ内容によっては、専門家の知識を基に掲載。取材で特にお年寄りに対しては明日の命をも難しい方々が多いので、可能な限り貴重な話を聴ける方を探して取材対象者として努めてきました。

そのような出逢いの中で今も忘れられないのは、農業をしておられる当時九十歳代の方のお宅へ取材のために伺った時、ご本人から、

「自分の所へは小西編集委員は来ないだろうと心の中で思っていたが、本当に来てくれた

んだナア」

と驚いた様子で、私を家族の集まっている居間へ通してくださいました。

すでに農業も息子さん夫婦が中心となっていましたので八十歳代の奥様も息子さん夫婦も、私が来ての取材に同席。すると九十歳代のご本人が脚立を、押入れの場所に持って行き、天井に近い上の戸を開け、奥の方に隠すように家族の誰にも見せたことのないホコリがびっしり付いた古い風呂敷包みを取り出しました。それは、ご本人が、戦時中、通信兵としての任務時代の記録がびっしり書かれた軍隊手帳でした。奥様も息子さん夫婦たちも、この風呂敷を全く知りませんでした。

「一生、誰にも戦時中のことは明かしたくはないと思っていましたが、もし私が今、取材のために出逢わなかったら誰にも過去の自分の戦時体験を語ることはなかったと思います」

と、おっしゃいました。

このときの話は「すてきなおじいちゃんおばあちゃん」のコーナーに、さっそく掲載させていただきました。

もう一人のお年寄りの方ですが、この方は、元町会議員をされた方ですが、農業に、とても立派な考えを持っておられ、阿南町が取り組めば必ず成功し良くなるという希望を熱心に話してくださいました。その記事を公民館報に掲載し、いよいよ全町民に配布される運びになり、一番に届けようと出来上がった新聞（公民館報）をたずさえてご自宅へ伺ったところ、「亡くなって今日、これから葬儀場で告別式です」と知らせを受け、至急、私は喪服に着替え、出来上がったばかりの新聞（公民館報）を告別式会場の受付へ香典と一緒に届けました。すると親族の方から、

「小西さん、弔辞として皆様の前で是非読んでください」

と言われ、多くの参列されている方々の前で読むことになりました。取材時に私に話してくださったことが記事となっていましたので、多くの方に聴いていただきました。

長年、編集委員として多くの方々と携わった経験の中で忘れられない方となりました。教育委員会からも、これまでの編集委員の中でも、取材された方のために編集委員が弔辞を読むということは、前代未聞のことだと言われました。あの時、次回へ取材を延ばしたなら、巡り合わなかったとしたら、編集担当者として後悔していたであろう正に人生、一期一会の方でした。

# 阿南町の「人間遺産とすべき元大下條（おおしもじょう）村村長・佐々木忠綱氏」の功績を語る！

今から、三十九年前、阿南町はまだ、山間僻地といわれた環境の地域でした。夫と共に二人三脚で家電販売業をする中で、私は三人目の子どもを背負いながら店番をしていました。人や車など少ない国道であり、静かな所です。

いつものように夫は店を私に任せ、巡回していましたので、上の二人の子どもたちは、近くの保育園へ私の送迎のもと、林道を歩いて通っていました。保育園へ送ったあとで店番の開始です。そのような、ある日、

「こんにちは！　10ワットの小さい蛍光灯を一本ください」

と言って店へこの地域には目立った気品のあるお年寄りが来ました。寒い時期でしたので帽子をかぶり、黒色のコートを着て、黒色の布袋から見本の蛍光灯一本がはみ出していました。さらに、我が家には子どもがいると知っていたらしく「ふじりんご」を二個取り出し、「子どもさんに食べさせてね！」と言って、私の手の中に大きなふじりんごを渡してくれました。初めて来店された高齢の男性でした。

その日家に帰ってから姑に、ふじりんごをくださった老人のことを聞いたら、「上千木（うえちぎ）果樹園のおじいさんが来たんよ！」

と教えてくれました。昔から我が家は上千木果樹園からは年末になると決まって「ふじりんご」を御歳暮用として遠い親戚に送っていました。気品のある老人という方は、その「ふじりんごを作っている上千木果樹園」のおじいさんであると知りました。あの当時の印象は今でも、ハッキリ覚えています。

――やがて私もこの地域での様々な人との出会いの中で飯伊（はんい）婦人文庫に在籍して阿南部長を担当している時代のことです。当時、飯田図書館で満州開拓の歴史の勉強会があり、S先生が講師になられ、大下條村村長・佐々木忠綱氏のことを満州開拓の歴史の中で学びました。その方は現在の阿南町（元大下條村）の方であるということを知りました。そしてなんと、三十九年も昔に、「ふじりんご」を子どもにと持って来て、笑顔で私の子どもたちに、と下さった、あの老人が元大下條村佐々木忠綱村長であったことを「飯伊婦人文庫」での学習会で学びました。しかし、その時、すでに佐々木忠綱氏は他界されておられ、お逢いすることはできませんでした。そこで当時、飯伊婦人文庫阿南部長の立場から私は尋ねて行き、ご家族にお願いして、お線香を立てさせていただきました。上千木（屋号）の大きな玄関を入ると座敷に仏壇が置かれていて、仏壇には、佐々木忠綱村長の写真と位牌がありました。私は「ふじりんご」を子どもたちにくださった時のことを思い出していました。

町の公民館報編集委員として四地区（大下條・富草・新野・和合）の特集が、歴史上の人物をシリーズとして企画されました。担当地区大下條編集委員として「郷土人物伝『国策・満州移民を拒否した村長・佐々木忠綱物語』」を①〜⑥まで公民館報に掲載し、故・大下條村村長・佐々木忠綱氏の功績を全町民に紹介しました。

佐々木忠綱村長については、未だに町では、全町民にどのような方であったのか、理解されていません。私が公民館報編集委員を十三年間担当してきた時代を振り返って一度も歴史上の人物として扱ってきませんでした。ある時、西富士開拓団、三世の方が私に、

「阿南町は、西富士開拓の歴史を風化させてしまうのか！」

と意見を言われました。そこで私は、行政の理事長及び理事者にもそのご意見を伝え、元編集委員としての立場から、その年の定例町議会に必ず取り上げていただくように、議長及び、全議員へ冊子を作り定例一般質問に間に合うように手元へ届けました。議員の方

へ西富士開拓及び佐々木忠綱元村長の歴史問題に対して、「事業推進の協力依頼」をさせていただきました。特に、国策「満州開拓移民」を拒否して、住民の犠牲を食い止めることに尽力する一方で、国策「西富士開拓」を進め、戦中、戦後の激動の時代を「住民の生命と財産を守る」という信念を貫いた佐々木忠綱氏は、住民を導く地方のリーダーとして、県立阿南病院や県立阿南高等学校の設立にも深く関わり、行政・医療・教育等、多岐にわたって今日の阿南町の礎を築きました。正に、阿南町にとって欠くことのできない存在です。平和維持を願うためにも、これまでの功績を高く評価し、佐々木忠綱氏を名誉町民へ推挙すべきです。そのために行政の理事の方に確認しました。元編集委員の私に、三つの条件（行政・医療・教育）が推挙には必要であると説明されましたので『大下條村誌』を調べましたところすべてに功労者でありました。

その結果を見ても認められるべき該当者です。町議会は佐々木忠綱元村長を名誉町民に推挙されるべき偉人であり、正に「阿南町の人間遺産の宝」とされるべきと思っています。

また、七十八年前に国策、西富士開拓団として富士山麓へ集団入植した当村の方々の人生（一三〇名）を佐々木忠綱村長時代、移住した村民のために、当時の伊藤義実助役が「家族団長」として人生を捧げ、西富士開拓者たちの生活を支えた一生を、団員共々母村である阿南町議会は決して風化させてはなりません。

現在、阿南町は教育委員会が、公民館報『あなん』に、当時入植された方の苦労や貴重な体験談を特集しました。全町民に向けて、風化させない郷土歴史の史実として掲載させていただいております。振り返って思うに、元編集委員としてこの歴史問題は今こそ平和維持のために後世へ史実を正しく伝承させる使命を感じさせられました。

## 今、バートランド・ラッセルの祖母の言葉は平和維持のためのメッセージとして有効！

私が昔読んだ本の記憶の中に、一八七〇年、フランス、ドイツが、戦争状態になり、両親はバートランド・ラッセルが幼少の頃、戦争の犠牲となって亡くなりました。幼い兄とラッセルは、伯爵であった祖父母の元で育てられました。当時、祖国、イギリスは、君主政治の中、すでに、国民大衆が、戦争熱にうかされ、国の中枢たる政治権力者の宣伝にのっていました。〃愛と平和〃を求めている国民大衆の代弁者であるはずの理性や知性を売りものにしてきた知識人までもが、過去の自分の言動や行為を反省することも無く、為政者（政治権力者）の前では、戦争賛成の支持者となっていました。

少年ラッセルにしっかり者の祖母は、二歳の誕生日の祝いに聖書の片隅に「大衆と一緒になって悪を行なってはいけない」と書き一冊贈りました。

やがて世相は戦争一色に染まり、戦争に反対する「協力の会」の盟友であった無二の親友までもが、家族や自分への身の危険を感じ、とうとう「戦争をやめさせるための戦争が正しい戦争である」と言って戦争賛成派となり、ラッセルから離れていきました。ラッセルにも多くの友人、知人がいましたが、そのほとんどが反対しなかったことに深い絶望を感じました。かつて、幼き日に「大衆と一緒になって悪を行なってはいけない」と祖母からもらった聖書に書き込まれてあった言葉がふと心に浮かびました。

「そうだ！　私は、どんなに多くの人が戦争に賛成していても一緒になって戦争をしてはいけないのだ！」

戦雲たちこめる中、バートランド・ラッセルの反戦運動は、祖国、イギリス人としてではなく、長引く不安の中で生きている人々のために、身の危険を顧みず、大学の教壇にも立ちながら学生たちにも、反戦の大切さを訴える活動の中で、刑務所へ閉じ込められたり、レッテル（囚人二九一七号）と呼ばれたりしていました。

一九四五年、第二次世界大戦、日本では、戦況は敗戦へと向かい、一発の原爆投下により広島、長崎では、何の罪も無い多くの老若男女が一瞬にして戦争の犠牲者となりました。

今、ペンを滑らせている私自身に当てはめてみると、一九四五年（昭和二十年）敗戦へと突き進む中、そして空襲警報が鳴り響く戦時下、母は私を命がけでこの世に産んでくれました。軍国主義一色の日本は〝産めよ、増やせよ〟と、子どもは五〜七人という家庭が多かったです。しかし敗戦へと戦況が悪化すると、妊婦は、「敗戦になったら、子どもを産んでも育てられないから」と、産まれた我が子の首を母親が自らひねって殺害しても、周りの人々も見ても見ぬふりをしていたと、戦後になってから戦時中の自身の妊婦時代の体験と記憶を母が話してくれたことを思い出します。

為政者による殺人行為と思えるこの状況を国も地域も戦時下の世相として黙視していました。戦争というのは、一人の人間の尊い人生など、ないがしろにされます。その原因は中枢の政治権力者たちのエゴによるものであると強く感じます。

九十七歳の生涯を反戦のために闘い続けたバートランド・ラッセルは一九七〇年に亡くなりました。

ラッセルの一生を支え続けた、大切な人間としての真髄を見極める勇気と決意を与えた、ラッセルの祖母の言葉は、時代を超越して、今世紀にも力を持つと感じます。もっとも、ロシアのウクライナ侵攻や、東アジア等の核に対する脅威に対しては、正に日本の広島・長崎の惨事を教訓に、戦争防止のために、中立的日本は立場を保ち、専門委員会をつくり、世界の列強国に核兵器使用による結末について報告書をつくり、示すことが大切であり必要だと考えます。

そして、平和維持のために今、深く思うことは、しばらくの間、先の見えにくい戦争を、世界の人々は忘れて、〝本気に生きる〟ということを考え直す勇気を持てば、必ず良い結果が待っていると思います。バートランド・ラッセルの祖母が言った「大衆と一緒になって悪を行なってはいけない」という言葉は、大きなメッセージとなる、そのように私は強く思っています。

## 国策満州開拓から救った西富士開拓とは！

令和三年春、阿南町公民館報（元）編集委員だった私に、西富士開拓第三次（三世）の方から突然、「西富士開拓の歴史と郷土から入植した多くの西富士開拓団員のことは、阿南町が風化させてしまうのか！」と意見を言われ大変驚いて、現在の行政の理事長に確認しお伝えしたところ理事長の方から「私の問題としてこの問題に取り組みます」との返事がありました。

そもそも、満州開拓という国策は、日本の農村経済を立て直し、農民救済のために取り組んだ政策ですが、開拓史としては最も悲惨な犠牲者を生んだ敗戦と同じく悲しみを刻んだ歴史です。

当時、全国一位の代表「移民県」と称されていたために長野県でも行政として力を入れていました。特に南部（下伊那郡）は補助金が出されており、その人々たちは一層、満州開拓へ邁進することとなったのです。大下條村村長・佐々木忠綱氏は、視察団としてその現状を見て、大下條村民を、国策の分村移民計画のために行かせることは、後に必ず後悔すると心の中で受け止めて、締め切り期限になろうとも、拒否を通した。戦局は、悪化の一途をたどっていた時期で、国策満州開拓移民政策は強化されていたため、長野県は、特に南部地域に対し大下條村を中心に、富草、旦開（あさげ）（新野）村などに満州への分村移民を強く迫っていた。しかし、村長という立場で満州視察を実際に見たことを考えると、村民を満州へ送り出すことはしませんでした。

その苦しみを察していた妻のてるさんは、「あまり分村に対して気がすすまないのなら大下條村民を満州へは送り出すことはやめた方が良いと思います」と、村長である夫を励ましたのです。

満州開拓移民は国策である。当然従うべき立場でありながらも、忠綱氏は、最高責任者として大下條村民を満州への移民には、終始消極的姿勢を通し続けました。村の壮年団の役員が怒って直談判にも来ました。しかし、青年時代から人道主義的精神の忠綱氏は信念に基づき、あえて孤立無援の状態の中で一人頑張り抜いて、大下條からは大量移民を送り出さなかったのです。

その結果は、泰阜（やすおか）村や分村、分郷した県内二十二の村々が満州国で多くの死亡者と行方不明者、そして、犠牲者を出し、戦後の引き揚げ者の苦難を生じました。

下伊那郡北部の某村長は、かつて満州視察で、大下條村村長と同じ考えであったが移民を止めることができず、多くの村民を送り出した結果、老若男女が外地で集団自決するという悲惨な最期を知り、村長は責任を感じて悲惨な結末となりました。

大下條村でも泰阜村から個人的に誘われたり、国策で、十四、十五歳が強制的に教育機関に割り当てられたりしたことにより、少年義勇軍としてすでに満州へ行かされていたけれども、他村に比べると大下條村は、佐々木忠綱村長の拒否行為により、犠牲を最小限に抑えることができたのです。

戦争末期の混乱状況の中にあって佐々木忠綱村長が戦時下の村民の命を守り抜いたことは正に、戦争に対して「抵抗」を示したのです。真実、人間としての真髄である「平和維持」の尊い考えの持ち主でありました。ですから、戦中戦後のリーダーとしての勇気を高く評価し、阿南町は「阿南の人間遺産、佐々木忠綱村長」を認めるべきであると思うのです。二度と忌まわしい時代を繰り返さないためにも、後世に伝承すべきであります。

一九四五年（昭和二十年）八月十五日は終戦記念日です。翌年の一月には、既に敗戦で帰還した多くの若者は希望を失い、連合国総司令部（ＧＨＱ）の占領下では「自国の食糧は自国で賄う」の方針へ――。

先見の明をもっていた当時の佐々木忠綱村長は、早急に国政に従い、村の人口増に対して近隣の未開拓地を行政として視察。佐々木忠綱村長の見た静岡県浜松市郊外の陸軍演習跡地は、赤土の痩せた土壌で農業には不向きな土地のため、富士宮市郊外の元陸軍少年戦車兵学校跡地も既に地元住民希望者の入植を決定していました。未決定の高地、富士山の溶岩があり、水が全く無く電気も無い、人が生きるには向かない荒野が静岡県の永住地という条件つきで決定し、独身男性が開拓者となりバラック小屋を建て共同生活をするのです。

飲み水は雨水を溜めて、食料にはタンパク質となる野生の動物なども食し、野菜類は土地が痩せているためになかなか育たない環境。農業の野菜は市場に出しても競争力を失い苦難に立たされ自信を無くしていた西富士開拓団に、国、県の集約酪農政策により富士酪農振興大会で組織力の訴えが認められ、野菜はやめて酪農一本の農業経営方針が決定し、アメリカ、ニュージーランド、オーストラリアからジャージー種の乳牛が導入されたことにより入植者（西富士開拓団）は急ピッチで酪農家としての道を進められることになりました。国は、あの忌まわしい敗戦後の故郷に帰った若者たちの失業対策が第一であったため、大下條行政としても、まず西富士開拓に希望者を募集し百三十名という集団移住者が決まりました。佐々木忠綱村長の先見の明は確実で、村民を混乱に巻き込むのではなく行政として郷土からの多くの入植者のために「家族団」を結成して、助役の伊藤義実氏を団長に決定し、母村（ぼそん）（大下條村は阿南町に新設合併され）からの支援のパイプは固い絆で結ばれました。

後に伊藤義実氏は助役を退任して、団長として西富士へ移住し、経済支援のために残りの人生を入植者のために捧げました。

この歴史問題を振り返って思うのは、あの悲惨な国策、満州開拓移民の歴史は、外地にて失うことがあまりにも多かったため、政府は、国内再建問題として、食糧、人口、資源、環境問題解決のため地方行政へ協力を求めました。この西富士開拓を成功に導くためには終戦直後に採用された日本の開拓政策に、地方最高責任者の佐々木忠綱村長はいち早く開拓事業の推進を進言し村議会に上程し、村議会は開拓新事業を決意しました（三大事業推進決定）。

一、公立病院を村内に建設する
一、水不足解消策として水道を敷設する

## 一、開拓事業の推進を行う

さっそく隣県、静岡県より富士山岳麓を大下條は認められ広大な荒れ放題の火山灰土、常に霧雨に覆われる標高九〇〇メートルに至る高冷地で昔の人は見向きもしない原野。しかし大下條にとっては、まさに天与の新天地、西富士開拓団として溶岩の荒地を飢えと闘いながら前人未踏の開拓を成し遂げ、満州開拓移民にはできなかった敗戦による苦しみは、母村（阿南町）の支援も大きな力となり、第一次、第二次、第三次へと引き継がれ、西富士開拓団の歴史は一人の犠牲者も出さずにすみました。隣県、静岡にとっても、西富士開拓団の汗と汚れと涙の正に茨の努力の道のりにより、今日では、静岡に朝霧高原を日本有数の地名に、そして酪農と観光事業は主要産業へと大発展しました。第三世へと母村からの出身者によって歴史は風化されない、戦後七十八年という時代を刻んできました。縁あって一生を阿南町に骨を埋めるために私が嫁いでまず驚いたのは、阿南町という地域のどこかしこにも西富士開拓者の親族がいて、ほとんどの方々にとって人々の深い絆があることです。私の嫁ぎ先でも西富士開拓の親族がいます。

阿南町はこの西富士開拓の歴史を風化させないために現在、教育委員会事業として〝公民館報あなん〟に開拓団の方々の貴重な体験談を、特集シリーズで掲載し、全町民に郷土史実として紹介させていただいています。
この開拓移民という歴史問題は、元は悲惨で忌まわしい戦争という惨事から成っているために、誰もが平和維持という原点を目指すべき使命を忘れてはならないと思います。

令和五年（二〇二三年）七月

阿南町（元）公民館報編集委員　小西允子

# あとがき　「心のほとばしり」とは

私が何故、「母」という女性の立場にこだわり、「母」を根底にこの随想をまとめたのかは、今から六十一年も前に出会った、一人の女性との約束にあります。

昭和三十八年この当時は、まだ医学界では腎臓病患者に対しては、地方の総合病院といえども治療が難しい時代。私の入院した内科病棟は、腎臓病や肝臓病の患者で個室も大部屋も同病名の人々の長期入院患者で満室。尿毒症という状態の方が同病棟で他界されていました。

そのような環境の中で、私の隣のベッドに一歳上の同病名のSさんという女性が闘病生活を送っていました。共に長期入院患者で、外科とは異なり食事と安静治療が当時の方法。共に二十歳前の乙女世代。将来の夢を語っていた病友という仲でした。

主治医からは、二人とも「将来、結婚しても、子どもを産むということは命とりになるから医者としては母親になることは難しい、と言わざるを得ない」と診断され、共に結婚という人生を考えずに「独身という生き方」を決めたのです。

Ｓさんも私も不安な体調を抱えたまま退院しました。Ｓさんは公務員として、私は家業の製印業を担う者として通院しながらの生活へと生き方を継続していました。そんな中で、突然、「Ｓさんは結婚したけれど体内に四カ月の胎児を身ごもった状態で、嫁ぎ先で今朝、農薬自殺した」という情報が私に届いたのです。

――何故？　私は自問自答しました。

Ｓさんは、母親になりたかったから病状悪化の中で、妊娠中毒症で自信を無くしてしまったのか！　そう思い至りました。Ｓさんは、死をもって、医者の言った通り、母親となる夢は死という大難があるということを私に示しました。「結婚イコール母親」は命とりという現実を思うと「命」を失いたくないと思う半面、母親になることも諦めきれずにいました。

そんな悶々とした青春時代に、兄の友人であった彼（夫）が、「結婚して社会に示していこう」と自信を失っていた当時の私を理解して、結婚という人生を決意させてくれました。

その後、結婚五年目で待望の第一子を亡くして悲しい思いをしましたが、このような体験をしている自分には、Ｓさんの母親になりたかったという心情を思うと、人の親となることの難しさを考えずにはいられません。たった一つしかない命を産み育てる尊さを果たせなかったSさんの心を、私は一生の責務として抱えていくのでしょう。あの時代の同じ苦しみを体験したからこそ、Sさんがこの世を去ってなお、歳月を生きている者として忘れることができません。Sさんの分も生きて命の大切さを示していきたいのです。また、これらの経験を通して、人生における様々な苦難を乗り越える忍耐を学んだのです。

**著者プロフィール**

**小西　允子**（こにし　みつこ）

1945年生まれ。長野県在住。
飯田下伊那青色申告会連合会婦人部長
飯伊婦人文庫阿南部長
阿南町立大下条小学校 PTA 副会長
阿南町立阿南第一中学校 PTA 副会長
長野県阿南高等学校 PTA 副会長
阿南町公民館報あなん編集委員などを歴任。
信州美術会会員
南信美術会会員

**随想　心のほとばしり**

2024年３月15日　初版第１刷発行

著　者　小西 允子
発行者　瓜谷 綱延
発行所　株式会社文芸社
〒160-0022　東京都新宿区新宿1－10－1
電話　03-5369-3060（代表）
03-5369-2299（販売）

印刷所　図書印刷株式会社


ISBN978-4-286-24810-3